KB151721

변명

변명

© 2023 김정순

초판인쇄 | 2023년 12월 15일
초판발행 | 2023년 12월 20일

지 은 이 | 김정순
펴 낸 이 | 배재경
펴 낸 곳 | 도서출판 작가마을
등   록 | 제 2002-000012호
주   소 | 부산광역시 중구 대청로141번길 3, 501호(중앙동, 다온빌딩)
          서울시 도봉구 도당로 82(방학1동, 방학사진관 3층)
          T. 051)248-4145, 2598 F. 051)248-0723 E. seepoet@hanmail.net

ISBN 979-11-5606-251-6 03810 정가 10,000원

※ 이 책의 무단전재 및 복제행위는 저작권법에 의거, 처벌의 대상이 됩니다.
※ 이 책은 경남문화예술진흥원의 문화예술지원을 보조받아 발간되었습니다.

변명

김정순 시집

도서출판
작가마을

미안해할지언정

부끄러워하지는 않으리라

시여!

2023년 겨울

차례 __ 김정순 시집

변명

변명
김정순

변명
김정순

제1부

변명

컴퓨터 벽장 속을 정리하다가
오래 된 시들을 보았다
부실하나마 때깔 나는 애들 먼저 선보이고
방치한 미숙아들이다

이제는 돌볼 여력이 없어
눈 감고 세상 속으로 밀어버린다
미련 없이 버리지도 못하고
심혈로 길러 내지도 못한 채

두고두고
열 손가락 하나같이 아파할 것이다

성격 데로 세상을 산다는 말이 맞는 모양이다
변명 없이 온전한 하루를 꿈꾸고 싶었는데

먼지 낀 이름표 끝에
한마디 변명의 말을 쓴다

미안해 할 지언정
부끄러워하지는 않으리라
시여!

귀향

사시사철
어린 가슴 시퍼렇게 겨냥하던
탱자나무도 속으론
쓰디쓴 옹어리 남모르게
향기 그윽한 열매로 키우고 있었다는 걸

이제사 환하게 눈에 들어오는 길

젊은 시절 어머니
우물가에 앉아
새끼손톱 찬찬 싸매 주던 손길처럼
지금 저 하늘가에
곱게 물드는 봉숭아 꽃물

소식

내 손 좀 잡아 줘
보도블럭 틈을 비집고 질경이 야윈 손을 내민다

겨우내 방 한 칸 없이 골방에 엎드려 있던 질경이 한 포
기
좁은 틈으로 들어온 햇살 한 줄기 꼭 붙잡았다

고향 들판 가족들 친구들 이웃들 다 떠나와 낯설고 물
선 객지에 와서 이제 겨우 설 자리를 찾은 질경이

힘든 타향살이지만 올봄에는 전세방이라도 한 칸 마련
하여 어린것들 따시게 먹이고 신학기에는 큰 애 대학도
보내고

비록 단칸방에서라도 새끼들 도시물 먹여 잘 키워서
고향으로 돌아가리라

주먹 꼭 쥐고
따끈한 햇살에 환한 웃음꽃 피워 본다

1999년 사주리

집 앞 분식집이 문을 닫았다

떡볶이 오뎅 삼백 원, 순대 1인분 이천 오백 원, 시골국수 삼천 원, 김밥 1줄 구백 원
투박한 글씨들이 뜯겨 여기저기 흩어져 있다

가난한 발걸음들을 뜨끈하게 끓이던 허름하던 골방이
근사한 도시 빌딩으로 변신하기 위해 리모델링을 한다고
벌써 〈사무실 임대〉 세련되고 야무진 글씨가 큼지막하게 붙어있다
바람벽엔 그동안 고마웠다는 이별 쪽지가 문풍지처럼 펄럭인다

불빛이 따스하던 포장집이 어느 날 없어지고 그 자리에
빠리바케트 뚜레쥬르 알파벳 간판이 걸리고

인사도 없이 어두워지는 저녁에는
동네 어귀 빈터에 붕어빵 굽던 난장이아지매
군고구마 호객하던 키다리 아저씨
눈에 맴 돈다

〉

어디로 이전한다는 쪽지도 붙여 놓을 자리가 없었던 골
목 끝 사람들은 또 어느 좁은 구멍을 비집고 이 저녁 카
바이트 심지에 불을 붙이고 있을까

을숙도에서
– 철새를 바라보며

어디서 와서
저렇듯 다정한 이웃을 이루었을까

따뜻한 터전을 찾아
이별을 준비하는 순간에도
개펄을 나누어 먹이를 쪼고

깃털 몇 개뿐인 세간살이
은빛 강물을 이룬다

우리는 지금 또
어느 도시 어느 마을에서 와서
이 순간 옷깃 스치며
바람 부는 강기슭을 함께 거닐고 있을까

이제 제각각 삶의 터전을 찾아
뿔뿔이 떠나간다 할지라도
훗날 어느 낯선 동네에서 다시 만나
정겨운 이웃을 이루어
따끈한 고추부침이라도 부쳐
서로 나눠 먹을 수도 있지 않으리

강

나의 이상은
도달이 아니라 함께 흐름에 있다

세상사에 부대껴 다친 마음
가슴 바닥 깊이 가라앉혀
잔잔한 물살로 흐르고 싶다

황폐한 땅에도 길은 있다
낮을수록 더욱 가늠할 수 없는 깊이로
부딪쳐 부서지는 격랑
서로 다독이며
세월 저편까지 흐르는 길은 있다

진정 나의 이상은
따스한 生의 물줄기로
희노애락 굽이굽이 넘어가는
우리들의 흐름에 있다

우리들의 어깨

장미꽃이 어깨동무한 울타리를 지나 갑니다
장미꽃이 바람에 살랑살랑 웃습니다

저렇게 환하게 웃는 웃음 속에도
고달픈 삶이 없지 않았을 것입니다

스스로가 가진 아름다움을 힘껏 다 피울 수 있었던 것은
누군가 내준 따스한 어깨 하나 있었기에
이제는 서로가 기댈 수 있는
아름다운 울타리를 이루지 않았을까요

내가 한 번 양보하지 않았던 자리를 돌아봅니다
내가 한 번 배려하지 않았던 자리를 돌아봅니다

상처에도 온기가 돌고
외로움도 아늑해져서
저문 저녁도 따스한 어깨를 내밉니다

나에게 편안한 어깨가 되어 주었던 가족과
나를 안락한 어깨로 기대었던 가족의 얼굴을 떠올리며
아름다운 풍경화 한 폭 가슴에 담아봅니다

속설

어린 새 새끼
베란다 창틀에 쓰러져 일어나지 못하고 있다
어디서 떨어졌나 길을 잃었나
날개는 파닥이는데 한쪽 다리가 힘을 쓰지 못한다
안간힘으로
반쯤 일어서는 걸 보면 부러진 건 아닌 것 같다
물을 주고 종이 상자를 마련하고
힘이 생기면 언제든 나를 수 있게 창문을 모두 열어 두
리라

배냇머리 아직 자라지 않은 갓난 것이
어쩌다 여기까지 왔을까

어느 내세를 돌아 삼신 할매 점지를 얻어
돌부리에 걸려가며 급히 왔나

그리운 이 멀리 떠나가면
누군가의 몸을 빌어 사는 곳 돌아보러 온다는데

마음속에 아련한 생각 하나 품어 본다

벽촌리 아침

벽촌의 아침은 제일 먼저 새들이 출근한다
까마귀들의 아침 조례 시간

까욱 까욱 까욱 사장님 목소리
까아아~ 까아아~ 연로하신 이사님
깍 깍 깍 깐깐하신 과장님
까아ㄱ 까아ㄱ 이제 막 발을 올린 신참 계장

드르륵 창문 열리는 소리에 진행을 맡은 사무장이 날아
오른다
'하던 말 마저 하고 가야지 그냥 가면 어떡해'
'요 앞 내 버드나무로 오라구 거서 봐'

늦도록 미루나무를 끌어안고
달콤함을 즐기던 새벽안개가 깜짝
무릎을 떼어낸다

보기만 해도 무섭기만 하던 사장님
나를 한없이 기죽이던 과장님
잘못이 있어도 툭툭 위로 하던 이사님
시도 때도 없이 귀찮게 굴던 신참

지금 다 잘 살고 있는지

우루루 떠난 자리가 주름진 세월만큼이나 허전하다

눈이 녹는다

- 1

버스비 아껴 산 붕어빵 한 봉지
가슴에 꼬옥 품고
아장아장 마중 나올 첫 딸 생각하며
종종 걸음치는
젊은 아빠의 어깨 위에서

할머니 굽은 허리를 껴안고
조심조심 비탈길 오르는
어린 소녀 가장
고사리 손끝에서

눈이 녹는다

누추한 거리에서 노래하는
눈먼 부부
힘겨운 삶 끌고 가는
수레바퀴 밑에서

그늘 내리는 지하도
푸릇푸릇 얼음 박힌 손바닥 위에
따스하게 데워진 동전 한 닢 쥐어주고

가만히 사라지는 발자국 아래서

눈이 녹는다

동행

 감밭 동네 난쟁이 아줌마네 뒤 뜰 감나무는 주인댁을
닮지 않았는지 키가 훤칠하였다
 가끔씩 달달하게 익은 감을 떨어뜨려 주기도 하던 감나
무는 가을이 깊어지자 제 키를 어쩌지 못해 힘껏 허리를
굽혔다
 최대한 땅 가까이 가지를 내렸다
 출출하면 제 몸뚱이를 끌어안고 오르내리는 개구쟁이
막내아들 다칠까 염려도 되었지만 여름 내내 감나무 밑
에 서서 올려다보는 아줌마가 걸려서 나날이 깊이 허리
를 굽혔다
 아줌마는 감나무 허리가 아플까 팔이 아플까 가지와 허
리에다 지팡이 하나씩을 받쳐 주었다
 감나무의 키가 아줌마 키와 비슷해질수록 아줌마는 감
나무의 무게를 덜어 주느라 뒤 뜰 발길이 잦아지고
 겨울이 오기 전에 제 몫을 잘 갈무리하려고 감나무는
온몸의 무게를 지팡이에 실었다
 가을 푸른 아침에 아줌마는 더는 견디지 못하는 감나무
가 안쓰러워 서둘러 나무가 짊어진 무게를 걷어 내었다
 제 가진 것 다 내어 주고 감나무는 비로소 허리를 폈다
죽죽 팔을 벋었다
 대견해 하는 아줌마를 바라보며 할 일 다 한 홀가분한

마음으로 훤칠한 키를 하늘 속에 세웠다

　감나무의 무게를 안간힘으로 받아 내던 지팡이도 목이
며 어깨며 팔을 펴고
　감나무 밑 감잎 위에 누워 몸을 쉬었다

산책

우리는 손을 잡고
다정하게 얘기를 주고받고
물가를 걷는다

징검다리를 건너 뛸 때는
서로를 위하여 목소리를 삼킨다

공원을 한 바퀴 돌고
나무 밑에 앉았다가
바람 소리에 귀 기울이다가
까치 소리에 대화를 끊기도 한다

찻길을 건너고
다리를 지나
동네 어귀에서 우리는 헤어진다

이젠 집이야
잘 가

하늘이 너무 높거든
걷는 길이 너무 적막하거든

〉

전화해

완행열차

나 어릴 적 보았던 낯익은 풍경
향수 어린 완행열차

흔들리는 의자에
가난한 마음 기대앉으면
누군가 주고받았을
얘기 소리 도란도란 들리는 듯

그가 남겨 놓은 자리
오늘 내가 앉듯
나의 자리에 또다시 앉을
그리운 낯선 얼굴들

떠날 때 들고 나선 빈 가방 속
내가 나눈 숱한 얘기
정겨운 풍물 가득 담으면
가슴 따뜻이 전해져 오는
이별 그리고 만남

오늘도 나는 플랫홈에 서서
향수 어린 완행열차를 기다린다

가을 산

세상만사 서슬 퍼렇게 노려보던 눈초리
어떤 색깔도 수용 않던 그 고집

이젠 너그러워질 때도 되었나 보다

무섭게 끓어오르던 광기
삶을 향한 왕성한 식욕

이젠 내려놓을 때도 되었나 보다

조금씩 길을 틔워
바람이 지나갈 자리도 내어 주고
허 허 비어가는 속내도 보여 주고

좀 더 가까이 한 발 더 가까이
가슴 속 파고드는 허공

이젠 품을 때도 되었나 보다

눈 오는 날 J에게

하얀 눈밭에 서서
내 가슴팍을 향해 네가 던졌던
돌팔매를 용서한다

그리고 네 가슴팍을 향해 던지고 싶었던
돌팔매를 묻는다

얼룩진 발자국 위에 하얀 눈이 덮이고
가슴 속에서 되살아나는 은빛 날개의 기억들

포근한 위로처럼 눈이 내린다
순백의 꿈은 깊어 한 켜 한 켜 쌓이고

난시의 내 창도 환하게 밝아져
너에게 한마디 편지를 쓰는 날

아! 저만치서 우리들 애환의 벽이 무너진다

가을밤의 동행

뒷산 대숲에
홀로 숨어 사는 도둑고양이
가을밤이면 나를 절대 속이지 못하지

지천으로 쌓이는 낙엽
낙엽 밟는 소리에
산길 내려오는 소리
뒤 뜰 돌아 나오는 소리
내 섬돌 몰래 밟는 소리

발소리 한 점 숨길 수 없지

가끔은 홀로
누군가 밟는 낙엽 소리 그리워
천지사방 쌓이는 낙엽
몇 며칠 쓸어내지 않고
댓돌 앞에 살짝
멸치 몇 마리 흩어 둔다

초파일

조롱조롱 꽃 연등 걸어놓고
가지런히 앉은 불자들

목탁 소리에 귀가 밝아져
막힘없이 불경을 외운다

미풍의 귓속말에도
고개 살래살래 저으며
설레는 앞섶 단정히 여미고

오월 햇살 속
대웅전 뜨락에 핀 금낭화

다소곳이
부처님 법문 듣고 있다

낙엽 쓰는 아침

어디서 풍겨 오는 걸까
코에 익은 냄새

아주 어릴 적
어머니 가슴에 파묻혀 맡던 젖 냄새
아니 내 어깨 포근히 감싸주던 당신의 체취

아니 아니 어머니 기침 소리 속에 섞이던 살 냄새
아 아 어느 해 화장터 아버지 떠나보낼 때
연기처럼 스며들던 그 냄새

잎 진 감나무 아래 앉아 물끄러미
뺨 부비고 모여 있는 얼굴 내려다본다

헷세의 뜰, 흐느낌, 소녀, 눈물짓던, 돌담, 허물어진,
푸른 파편, 빈집

문득 옛처럼 들려오는 까치 소리
금을 긋듯 투명한 목소리

눈부신 하늘 어디쯤에선가 바스락
또 한 잎 낙엽이 진다

한 알의 콩

콩을 삶으려고 까부르다가 한 알을 놓쳤다
콩은 그 잰걸음으로 앞뒤 가릴 것 없이 막무가내 굴러
갔다
나의 큰 발걸음이 필사적으로 달아나는 콩의 달음박질
을 따라잡지 못했다
콩은 마침내
내 발과 손이 닿지 못하는 좁은 구멍 속으로 몸을 숨겼
다
꼬챙이 하나면 잡아낼 수 있는데

날카로운 꼬챙이로 겨누고 좁은 구멍 속을 노려본다
순간,
구멍이 시커멓게 질린다
어둠 속에서 콩의 심장이 요동친다

나는 슬그머니
꼬챙이를 버린다

며칠 지나
그 좁은 구멍에서 파란 실핏줄 하나가 길을 열고 나왔
다

〉

비가 물을 갖다 날랐을 것이다
햇빛이 체온을 나눠 주었을 것이다
밟히지 말라고 이웃이 그 좁은 공간을 내어 주었을 것
이다

나는 잠깐
가슴이 뜨거워졌다

조화

예전에 보던 그녀가 아니었다
내 눈높이에서 후덕하던 코가 갑자기
지각 변동을 일으킨 듯 우뚝 솟은 산맥으로 변해 있었
다
넉넉해서 평화롭던 코가 없어지자 그 마음까지 사라져
버렸다
아름다운 추억까지도 끊겨 버렸다
세상에 밝아져 더 커진 눈이 어리석은 나를 빤히
뚫어 보는 것 같다
바라보기만 하여도 따뜻해지던 눈길이 반달웃음과 함
께 사라져 버렸다
야무지고 도톰하고 또렷한 입술을 가지게 된 그녀에게
예전처럼 허투루 말을 건네다간 안 될 것 같다
어눌하지만 정감 어리던 목소리마저 너무 똑똑해져 버
렸다
반가워도 내 투박한 손이 부끄러워 덥석 잡을 수 없다
새로 단장한 모든 모양새에 알맞게
잘 손질된 머리 맵시가 자로 잰 듯 반듯하다
컴퓨터 그래픽으로 갓 합성되어 나온 듯
연륜이 지워진 탱탱하게 물오른 얼굴이
때 절은 세월을 잘라 내고 삶을 편집한다

또각또각 하이힐 소리 같은 그녀

컴퓨터 속에서 방금 나타났다가 금세 컴퓨터 속으로 사
라져 버릴 것 같은

3650일 내내 시들 줄 모르는 조화같이 예쁜

그녀..../

남자는 바바리 여자는 머플러

창밖 풍경의 일부이듯
그녀는 그림처럼 앉아 커피를 마신다
갈색 톤의 원피스에 우아한 실크 머플러를 두르고
사색에 잠긴 듯 천천히 커피 향을 음미하면서 그녀는
지금
친구를 기다리는 중이다
그러나 그녀, 머릿속에 잠깐 담겨 있던 낭만은
온데간데없이 사라진 지 이미 오래다
아침에 남편과 다툰 일이 새삼 짜증난다
그 인간을 그냥 확— 지그시 입술을 깨문다
'뭐야 남자가 쪼잔하게 여자들 수다 떠는데 간섭이나 하
고
흥, 지들 뱃속엔 황금덩이가 들었남'
욕지거리들이 마구 끓어오른다
뒤틀린 속에서 가스도 뽀글뽀글 차오른다
문득 인기척 같은 예감에 출입문을 본다
출입문을 등지고 앉은 바바리코트의 노신사가 지긋한
눈빛으로 그녀를 응시하고 있다
에구, 다 같은 DNA들
그러나 그녀, 꼰 다리를 살며시 풀며
김이 멎은 커피잔을 내숭스럽게 들어 올린다

저 신사는 무엇을 보고 있을까
나의 이 갈색 원피스와 실크 머플러?
풍경에 반사된 나의 실루엣?
저 멋진 노신사의 머릿속엔 무슨 그림이 들어 있을까
낭만적인 플라토닉? 아님 일회용 에로스?
인간의 생각이 X선에 노출되는 원소체가 아닌 것에,
인간의 시선이 무엇이든 투시하는 X선이 아닌 것에,
그녀는 안도한다
친구는 아직도 오지 않는다

변명
김정순

제
2
부

유월

장대비 쏟아진다
빈 장롱 왕왕 울려대는
장대비

타향 먼 길 일산 공원묘지
아직 여물지 못한 봉분 어린 잔디 뿌리
빗물에 떠내려가면 어쩌나

청개구리 한 마리
토란 잎새 뒤에 숨어서 구성지게 운다

어머니어머니어머니어머니어머니

산처럼 쌓이는 후회
눈물 가슴 후려치며
장대비 쏟아진다

가시 뽑기

가시가 따라온다
아무리 피하려 애를 써도
끈질기게 쫓아다닌다

가시를 외면한다

가시가 집을 짓는다

쇼파에도 방안에도
온 집안이 가시집으로 번진다

가시에 갇힌다
날을 세워 덤벼드는 가시들

이 가시의 소굴을 빠져나갈 길은
오직 한 길

그 독한 뿌리에 몸을 던져 맞서는 일

가시가 파고든다
살이 찢어지고 피를 흘린다

〉

언젠가는 뽑힌 뿌리는 시들 것이고
내 상처는
단단한 힘으로 아물 것이다

새벽 강둑에 앉아

어제의 폭풍우는 꿈이었던 게야
소근 소근 강물이 흘러간다

조각난 파편들이 떠내려간다
힘겨운 조각들 강심으로 파고든다

얼룩진 자국마다 너그럽게 번지는 물무늬
다시 강물이 되어 흘러간다

흐르는 것은 흘러가며 다시 새로워지고
지나가는 것은 지나가며 다시 잊혀진다

풀잎이 둘 셋 고개를 든다
사람보다 먼저
마을 어귀 개 짖는 소리
빗방울 걷힌 전신주에 투명한 까치 소리

강물이 흘러든다
흔들리는 눈동자 속으로 강이
선명하게 흘러든다

나목

　싸늘하게 식어버린 하늘 속에서 태양은 황달을 앓으며 구토를 했다 태양의 구토물 속에서 노오란 볕살이 토막토막 끊어져 나왔다 문을 꼭꼭 닫은 채 오한에 웅크린 지붕 밑에서 풀잎이 창백한 안색을 감추며 빈혈로 휘청거렸다 얼어붙은 머릿속엔 캄캄한 시간만이 떠오를 뿐 외풍을 가리지 못한 가슴 벽엔 새하얗게 성에가 피어났다 통증을 남기며 시린 보도를 울리고 가는 발자국들 서슬 품은 바람 한 줄기 나목에게로 몰려간다 마른 가지 끝에서 가슴 앓는 여자의 울음소리가 들려 왔다 깊은 겨울이었다

얼굴 · 하나

그녀는 잘 닦여진 장농을 다시 열심히 닦고 있었다 장
농에 생긴 흠집이나 때를 말끔히 지우고 나면 자신의 삶
이 새로워지기라도 하듯 장농의 광택이 자신의 위엄을
지켜 주기라도 하듯 윤이 번쩍번쩍 날수록 장농은 너무
당당하고 눈부셔서 오히려 그녀 모습이 초라하고 작아보
였다 점점 작아지면서 그녀는 더욱 거대해지는 장롱을
구석구석 열심히 문질렀다 거울 앞에 앉아 얼굴을 토닥
이고 있던 나는 장농의 위세에 짓눌려 납작해진 채로 장
농에 매달려 있는 그녀에게 가슴 속에서 한 마디 울컥 솟
아나는 말을 참을 수 없어서 휙 뒤돌아보았는데 눈치 빠
른 그녀는 잽싸게 장롱 속인지 어디론지 숨어버리고 없
었다 다시 거울 속을 드려다보면 납작하게 매달린 그녀
가 보였는데 다시 돌아보면 여전히 번쩍번쩍 빛을 발하
는 장롱만이 버티고 있는 것이었다

얼굴·둘

tv 화면에 갇혀서 그녀는 소리치고 있었다 분노에 일그러진 얼굴 폭포처럼 쏟아내는 독설 흥분에 떨며 우리에 갇힌 짐승처럼 으르렁거리며 누구에겐지 무섭게 반발하였지만 화면은 단단하였다 억울함을 명백하게 말할 상대도 항거 할 곳도 찾지 못한 듯 사방팔방에다 삿대질이었다 안개 속에 꼭꼭 숨어서 넌 항상 날 비웃지 흥, 그래 내탓이라 해 둬 증거가 없으니까 눈물로 갈라 터진 손으로 제 가슴을 긁어 자기가 낸 손톱자국에서 새빨간 핏방울이 베어났다 폭신한 소파와 적당히 시야를 가려주는 커튼과 얌전히 자리를 지키는 화초들과 멀리 잔잔한 바다와 이제 막 물이 오른 나무들이 손 흔드는 풍경들이 환하게 다가오는 창가에 안치된 나는 화면 속에서 빠져나오려는 그녀가 두려워 그녀 얼굴을 보지 않으려고 슬쩍 고개를 돌렸다 그녀 가슴의 핏방울이 생각나 얼른 가슴의 단추를 꼭 채운다

얼굴·셋

1

나는 그녀를 오래전에 본 것 같기도 하고 오늘 처음 본 것 같기도 하다 도시의 광장 한가운데서 혹은 낯선 외곽 지대에서 본 듯도 하다 그녀의 얼굴에서 무거움과 가벼운 것들의 상황들이 새의 깃털처럼 혹은 청바위처럼 느껴질 때도 있고 느껴지지 않을 때도 있다

조금씩 소비해 가며 生을 점철하는 갖가지 애환들이 함께 섞여 있으면서도 제각기 분류된, 그것들의 균형과 불균형 같기도 한, 가계부의 항목처럼 정해진 것 같으면서도 아리송한 것이 그녀의 얼굴이다

2

그녀는 새 가계부 앞에서 골똘이 생각에 잠겨있다

수입과 지출란에 1년의 예산을 세우고 오늘 하루 삶의 몫을 어떻게 배열할 것인가

지난해의 가계부를 바탕으로 올해는 좀 더 짜임새 있게 살아야지

같은 몫이라도 짜임새에 따라 달라지는 거야

지난해의 혼란하고 너절한 각 항목들이 올해의 것들을 좀 더 수정하게 해 줄 거야

그녀는 미소짓는다

각 항목들을 잘 다스려서
능력껏 만들 수 있는 한
슬픔은 줄이고 기쁨은 늘리고
새 가계부의 깨끗하게 비어있는 칸의 숫자를 헤아리며
그녀는 내게 손가락으로 V자를 만들어 보였다

3
해를 보낸 가계부를 밀쳐놓고
다시 새 가계부를 펼쳐놓고 들여다보는 그녀의 얼굴이
약간 지쳐보였다
하나하나 열심히 다독이고 정리하였지만 지난해의 가
계부와 비슷해져 가고 있었다
각 항의 정해진 순서나 거기에 기재된 내용도, 가계부
끝에 곁들여진 요리의 종류나 요리법도 비슷하였고 표지
의 그림이나 주위의 낙서자국까지도 비슷하였다
아무것도 자신의 능력으로 분류되고 달라진 것이 없는
것 같았다
할 수 있는 한 사소한 못까지 또 다르게 배열해 보아도
정해진 범위를 벗어나지 못하고 있었다
해마다 해마다 그랬던 것처럼 지저분하게 끌려가고 있
었다 애쓸수록 더욱 너덜너덜 부대끼는 것처럼 느껴졌다

그녀는 난감한 시선으로 나를 건너다 보았다

4

그녀는 가계부 쓰기도 이젠 귀찮아진 모양이다

그 잡다한 항목들과 싸우는 것이 이젠 지긋지긋하고 골
치 아픈 모양이었다

온갖 희비애증들이 그 속에서 치고받고 서로 엉켜 복작
거리는 것을 정해진 자리에 하나하나 떼어 놓으며

너는 이 자리에

너는 저 자리에...

그런 노력도 무의미하게 느껴진 듯

이미 정해진 항목에다 미주알 고주알

힘겹게 지고 갈 필요가 어디있겠는가 – 그런 얼굴이다

세세하게 깨알같이 박혀있던 항목의 내용들도

시간이 지날수록 나날이 비어갔다

텅 빈 속으로 겉표지만 허울좋게 포장되어 닫혀 있었다

나와 그녀도 닫힌 가계부처럼 제각각의 허울 속으로 유
리되어 가는 것 같았다

5

깨끗한 포장으로 빈속을 잘 감싸고 있는 가계부가 나날

이 늘어가고 그녀 발치에 낡고 찢어진 가계부들이 흩어
져 있다

 그녀는 묵은 가계부들을 차곡차곡 쌓는다

 아쉬운 듯 그녀는 하나하나 가계부들을 펼쳐본다

 허술한 포장을 들추고 그녀는 한 발자국 들어가 본다

 한발 한발 내딛을 수록 희미하게 지워져 있던 길들이
차츰차츰 또렷해져오고 오래 잊었던 길 입구에 낯익은
입간판들이 보인다

 좁은 골목길을 돌아가면 자주 들리던 콩나물 가게며 세
탁소며 수선집들이 옹기종기 모여 앉아 그 자리에 그대
로 있었다

 그녀의 손끝에서 그녀와 함께, 그녀 곁을 한 번도 떠나
지 않은 항목들이 올망졸망 어울려 길을 만들고 있었다

 굳은 손마디를 펴며 그녀는 새로운 듯 미소 짓는다

 얼핏얼핏 속이 들어 나 칠이 벗겨진 입 간판들을 지나
그녀는 가계부의 책갈피만큼이나 손때가 반질반질한 그
녀의 삶 속으로 걸어 들어간다

 나는 길 어귀에 서서 알듯 말듯 낯선 듯 낯익은 듯

 어렴풋이 다가오는 그녀의 얼굴을 바라본다

분수

별짓을 다 했다

손도 내밀어 보고
삿대질도 해보고
온몸 던져 보기도 하고

닿을 수 있을 것 같았다
잡을 수도 있을 것 같았다

길을 모두 먹어치우고
허공이 웃었다

그래도
뿌리에 힘이란 게 남아 있어
다시 하늘을 겨냥한다

사월

긴 숲길을 걸어
고향 땅 선산에
오라버니 묻으러 갈 적에
마른 황토 흙바람
끝없이 날리던 송홧가루

신새벽
아무도 몰래 사라졌다가
반쯤 풀어진 치맛자락에
황토흙 송홧가루 묻히고
밤늦게 돌아오시던 어머니

고향까지 길이 얼마인데
사월 모진 볕에 가슴이 타서
송홧가루처럼 노랗게 앓던
우리 어머니

비닐우산

양철 지붕 생각이 났다
무릎을 끌어안는 일 외는 아무것도 할 수 없어서
방 모서리에 박혀서 목을 꺾고 듣던 그 소리
방 안을 온통 두들겨 패던

그런 날의 방은
안식처도 되지 못하고
오기도 되지 못했다

오직 야만뿐이었다

양철은 속울음 감추질 못해서 그렇게
요란하게 울었을 거라고
머리 위에서 비닐우산이 양철처럼 울었다

하루하루 속없이 가벼워지는
비닐우산 속에서
아직도 요란하게 우는 양철지붕

양철지붕보다 얇았던 속이
새파랗게 젊은 탓만은 아닌 것 같았다

아침

산의 품속에서
꿀잠에서 깨어난 나뭇가지들이
눈곱을 털며 쭉 쭉 팔을 뻗는다

햇살이 걸어오는 길을 따라
나무는 고개를 젖히고
그늘을 벗는다

잎사귀마다 반짝이는
눈망울
조롱조롱 빛살이 맺히고

빛 방울 하나를 따서 먹는 풀잎
바람은 방울 소리 울리며 하룻길을 연다

적막한 창살에도
볕살은 골고루 내리고
어둠을 긁으며 밤새워 쓴 일기를

나는 지운다

낡은 정물화

칠 벗겨진 침대에
한 남자 자고 있네

얼룩진 마루에
한 여자 앉아 있네
반쯤 열린 동공이 한 곳만 보고 있네

꺼진 TV 옆에 진열된 화분들 묵상하고 있네
숨소리도 없이

베란다를 지키는 창이
굳세게 세상을 방어하고 있네

꽃잎 한 장 내밀지 않는 꽃나무들은
마네킹 같네

초인종도 울리지 않고

누가 그렸을까 저 그림은

모습

출근이 끝난 정류소
텅 빈 버스에 오르는 순간
나는 흠칫 놀랐다
드문드문 뚫려 있는 좌석에
돌아가신 어머니가 앉아 계셨다

남는 시간 공원에 올라
벤치에 앉는 순간
나는 또 흠칫 놀랐다
비둘기 한가로이 모이 쪼는 볕살 아래
돌아가신 아버지가 앉아 계셨다

옆집 할머니
처음 보는 할아버지
왜 하나같이 아버지를 닮았을까
어머니를 닮았을까

희미한 눈사위 꺼져가는 볼
닳아버린 손톱 앉아 있는 자세까지
우린 모두가 조금씩 닮아가고 있는 걸까
한 세월 살고 나면

모래바람 속의 대화

 ―부서지지 않아 조금 비틀 거렸을 뿐이야
 ―이 세상 부서지지 않는 게 어디 있어 세상이란 먼지투
성이 부서지는 것들로 가득 찬걸
 ―그렇지만 누구든지 자기만의 알맹이는 간직하고 있는
거야 부서져선 안 되는 것들 말이야
 ―그래그래 그렇게 소중한 네 것이 있으면 한 번 지켜보
라구
 ―그렇게 자신만만 빈정거리지만 네 완력에도 굴복되지
않는 힘이 있다는 걸 보여 줄 테야
 ―난 한 번도 강요한 적이 없어 단지 너희들의 지저분한
껍질들을 쓸어 갈 뿐이지
 ―내가 버리지 않은 발톱 조각 하나도 넌 쓸어 갈 권리
가 없어
 ―아직도 모르겠니 이 부스러진 모래알들이 누군가의
권리 속에 속해 있다고 생각하니
 ―어쨌든, 네 손바닥이 내 옷깃을 찢고 누렇게 뜬 표피
를 긁어도 너의 모래 기둥은 되지 않을 거야
 ―좋으실 대로, 건조한 건 내가 아니라 너희들의 삶이니
까

 황색의 위험한 신호처럼 또다시 시야가 부옇게 흐려 왔

다

　온몸을 감싸고 등을 돌린 채 나는 역행한다

　거대한 회오리 속으로 내 머리카락 한 올이 맥없이 빠
져 휩쓸려간다

비

귀를 두드리는 힘찬 반란에
문을 연다

어둠이 깨어지는 하늘
콘크리트 벽들이 젖어 흔들리는 도시
아픔으로 신음하는 광장

삶의 뒷켠에 비켜서서
방황하는 나를
질타하듯 아우성치는 소리

부서진다
위선과 허구와 오만
부패한 시간들이 세월보다 빨리
낮은 곳으로 흘러간다

가슴 속 흥건한 어둠 씻어 내리며

마침내 흙탕으로 달려드는 거친 눈물들을
힘차게 끌어안는 바다
저편에서
새벽이 건너오고 있다

낙화 · 1

사월 푸른 가로수 밑으로
꽃상여 간다

죽은 오빠 생각이 난다

서러운 바람 따라 길을 나서면
길은 어디에도 끝없이 이어지고

어이 하랴
어이하랴 따라갈 수 없는 나에게
가로수 나무들이 손을 흔든다

꽃 지는 소리 들린다

다시 봉천동

봉천동엘 갔다
기억 속에서 길들은 눈에 밟힐 듯 훤했지만
그래도 바뀐 지도가 친절했다

이집 저집 갈 곳 없는 사람들이 줄을 서던 세 평짜리 공
용변소는 명품 빵집으로 변해 있었다 바람만 스쳐도 죽
자 살자 발버둥 치던 판잣집이 내가 사는 아파트 한 채쯤
은 패대기쳐버릴 만큼 우람한 알통을 자랑하고 밤마다
술 취한 남편에게 욕으로 거품을 물던 경상도 아줌마네
문간방은 층층마다 창문을 내고 실크 커튼을 늘어뜨리고
남쪽으로 트인 출입구에서 아침마다 허리 날씬한 아가씨
들을 쏟아내었다

봉천동에 다시 와서 보니 내 기억만큼이나 내 옷차림도
누추해졌다
우리는 같은 세월을 살아온 것이 맞는 걸까

흘겨보는 주인집 딸내미 눈초리 뒤에서 입술을 깨물던
그 곳
사그라들지않는 오기 때문에
그나마 꿈이라는 것을 꾸게 해 주었던 그 곳

〉

더 이상 물러설 곳이 없을 것 같던 그 곳

30층짜리 빌딩이 되어 지금도 나를 내려다보고 있는
그 곳

에스컬레이트

아득하게 앞을 가로막았던 장애물들이
하나씩 쓰러진다

제자리 벗어나지 않으면
한 칸 한 칸
넘고 가야 할 고난의 시간이
한고비씩 사라진다

돌아보면 뒤따르는 내 발자국들
챗바퀴를 돌리는 일상도 잠시
발목을 잡지 않는다

나만의 보폭으로 열심히 걸어서
그가 내민 손끝에 지친 발길 닿으면
삶은 우리에게 이런 위로를 주기도 하는가

이렇게 편하게 사는 날도 가끔은 있었으면 좋겠다

유년기

우리 집 항구가 죽었을 때
고모는 데이트 채비로
화장 고치기에 바쁘고

언니는 새로 산 신발을 신고
동네 놀이터로 깡충깡충 뛰어갔다

아버지는 대청마루에서
막걸리 한 사발로 시원하게 목을 축이고

어머니는 부엌에서
생선 손질에 열심이었다

나는 가슴을 움켜 안고
골목길이 캄캄하게 저물 때까지
남의 집 처마 밑에서 울었다

미스터리한 꿈

 어저께도 당신을 찾아 헤매었어요 길이 끊어졌어요 아무것도 보이지가 않아요 꿈이길 간절히 바랐어요 볼을 꼬집어도 그 생생한 현실감에 절망했어요 울고 있다가 눈을 떴어요 창문이 보였어요 햇빛이 부서지고 있었어요 재갈을 물고 시계는 갈 길을 충실히 가고 있어요 휴, 다행이야 내 중얼거림에 적막이 흔들렸어요 얼룩진 눈물을 닦으려고 거울을 보았어요 거울 속이 텅텅 비었어요 침대도 비었어요 소파도 비었어요 나도 사라졌어요 모두 어디로 가 버린 것일까요 이 꿈은 무엇의 연장인지 또 어디서부터 시작되었는지 아무래도 다시 한번 볼을 꼬집어 봐야 할 것 같아요

잔설

후회 없이 하루를 견뎌내기 너무 힘들었다고
이 하루 하얗게 씻고 싶다고

한 송이 또 한 송이
겨울 내내 쌓이던
기도의 말

포근한 봄날 다시 올 때까지
무릎 꿇고 벗겨내던
참회의 말

그대 따스한 손길에
미처 닿지 못해
응달진 가슴 한켠에
아직 남아 있는 말

변명
김정순

제
3
부

20대

눈을 맞으며 너를 보낸다

눈밭에 찍힌 너의 발자국은
눈물이 마를 때쯤
눈 속에 묻혀
하얀 눈만 남아 있으리라

세상이 처음 열리던 날처럼

하얀 빛만 쌓인 저녁은
세상 어느 곳보다 빠르고
세상 어느 곳보다 아름답다

열었던 세상을 다시 닫는 신호처럼
눈 내리는 소리 눈 쌓이는 소리

눈이 시리도록 하얀빛이 슬픔인 것을
나는 처음 알았다

세상 어느 것에도 물들지 않은 아름다움이 슬픔인 것도
그때 처음 알았다

새벽 3시의 낙서

은행잎이 바람에 쓸려
빗소리로 내리는 밤

저 창은 왜
여태껏 잠들지 못하고 있나

아직 지우지 못한 그리움 남아 있어
창밖을 내다보고 있나

시린 어둠 밟고 돌아올
기다림이 있어
귀를 세우고 있나

창과 창이 마주한 거리에서 우리는
새벽 3시를 지나간다

당신도 나처럼
불을 끄지 못하는 밤

달빛

온 밤
나에게로
나에게로
쏟아져 오는

그대
치자빛 사랑

너무 가까우면
다칠까
너무 멀면
잊혀 질까

애틋한 그 마음
꽃 빛살로 풀어내며
그대 내 곁에서 언제나
치자꽃 향기로
남아 있네

관계

왜 전화를 받지 않느냐고 그 사람이
짜증을 내었다

해가 뜨지 않아서 새벽인 줄 알았다고 내가 말하자
성질을 내었다

변덕스런 바람이 손바닥으로 창의 볼을 쓰다듬다가
갑자기 철썩 뺨따귀를 올려 부쳤다

비에 젖고 있는 아침 내내
말 한 마디 건네지 않는 전화기가 아니꼬아서 나는
침대 밑에 치웠다

창이 눈에 가득 고인 눈물방울을 더는 견디지 못하고
뚝뚝
떨어뜨렸다

보일러를 올렸는데도 뼈가 시려서
포트에 물을 끓이고 천천히 한 컵을 마셨다

비가 그친 오후에

꽃바구니 한 개가 배달되었다

몸 밖으로 축축한 말 한 마디가 빠져나갔다

겨울과 봄 사이

옷을 샀어요
마음에 쏙 드는 너무 예쁜 옷

그 옷을 입고 외출을 해요
오늘의 쇼윈도우는 나를 즐겁게 해요

냉장고 문을 열었어요
김치 냄새가 너무 맛있게 풍겨요
밥통엔 밥이 있을까 쌀통엔 쌀이 있을까
상심은 금물

모든 게 텅텅 비었다면
하나하나 알차게 채우면 되지요

이 김치를 한 입 맛보려면 최대한 빨리 밥을 지어야겠
어요
김치통의 쉰내 때문에 구역질을 한때가
어제이던가요, 그제이던가요

그대를 바라보는 것만으로도
나는 즐거워요

겨울 여행

지금 떠나는 거야 그대를 만나기 위해 마지막 남겨두었던 의상 한 시절 장식했던 화장기 모두 지우고 난무하는 욕망에 손을 흔드는 거야 바람에 깎일수록 더욱 투명해지는 영혼 그대 더운 눈빛 보이는 곳까지 맨살로 견디는 거야 알고 싶어 하지 말아 어느 지점쯤에서 우리들의 만남이 이루어질는지 기다리던 순간이 한 소절 노래가 되지 못할지라도 이미 그어버린 눈금을 지워야 해 아무것도 가릴 것 없는 이 계절 내보일 것이라곤 오직 백치보다 더 순결한 시장기만 있을 뿐 이별을 벗겨내듯 부활을 꿈꾸는 우리들의 은밀한 사랑

겨울 회상

그해 최대의 꿈
낙타지 가볍고 포근한 오버코트 한 벌
늦은 퇴근길
얇은 바바리코트 36℃의 체온
버스 정류소 끝없는 기다림
냉기 가득한 주머니 속
버스비 몇 푼의 안도감
발맞춰 듣던 크리스마스 캐럴송
스무 세 살의 시장기
싱싱하게 달아오르던
깃 세운 어깨 은회색 바람
슈트라우스
뜰
발레 슈즈
맨발
겨울나무

화신 앞 빌딩 그늘 속에
종로 오거리 불빛 속에
아릿한 웃음으로 서 있다

이월 달밤

정갈한 눈매의 여인
청청 달빛 밟고 서서
살풀이 춤을 춘다

비단 머릿결 단정히 빗고
살풋 흘러내린 치마폭
달빛에 감긴다

수만 마디 아껴두었던 말
일순에 풀어내듯

섬세한 손짓
억겁 세월의 매듭을 풀어내듯

흰 명주 수건
정적을 가르며 날아오른다

휘청 내려앉는 달빛

매화꽃 핀다

가을에 쓰는 편지

당신의 중년은 눈부십니다
바람 불 적마다 금발의 머리채 일렁이는 당신의 뜰

나는 생각해 봅니다
내 가지에 매달린 잎새들을 얼마나 곱게 물들였던가를

살아온 날들을 하루하루 내려놓고
남아 있는 날들을 마지막까지 물들이며 조금씩 비워내
는 당신의 희끗한 머리칼을 올려다 봅니다

당신은 열린 두 팔로 하늘을 눈부시게 품어 안고 있습
니다 가지마다 숨 쉬는 맨살의 하늘

넘치는 욕망으로 오만스레 비워 주지 않던 내 좁은 가
슴에도 아름다운 삶의 흔적 하나 품을 수 있다면

곱게 물든 날들을 후회 없이 털어내고 나 또한 열린 두
팔로 저렇게 부신 하늘을 가득 안을 수만 있다면

한 생애 잃어버린 우리들 삶의 편린
우수수 희노애락의 잎새들 내려와 저만큼 멀어져 가는

계절의 그림자를 지웁니다

가을 나무 아래서

짧은 생애를
후회 없이 물들였습니다

뜨거운 태양 아래서
젊은 꿈들을 아낌없이 불태우며

모진 광풍에 휘날리면서도
최후까지 사랑을 노래하며
고통의 한 조각까지 고뇌했습니다

한 생애를 다 태우고 난 후에도
아직 푸른 하늘만은 버리지 않았습니다

가을 나무 아래 서면
이렇게 눈물겨워지는 것은
메마른 두피 속에
내 쇠약한 은발이
자꾸만 섞여 가기 때문입니다

가을 운동장

집현전 돌아보시는 모습으로 세종대왕님
한가롭게 서 계신 동상 앞

어린 후손들이 글자게임을 한다
가마니 **나**리꽃 **다**람쥐 **라**? 라라라
까르르 쏟아지는 웃음소리

어디 보자 볍씨만큼 익었나 밤톨만큼 익었나
청백 띠 두른 이마를 따끔따끔 두드려 보는 햇살

세종대왕 할아버지
눈가에 웃음으로 접히는 잔주름살

담 너머 들판엔 누런 콩깍지 옷섶 터지고
운동장 가득 씨앗 영그는 크고 작은 꽃송이들
부채꽃 태극꽃 고사리주먹꽃

알 콩 같은 아이들의 구령 소리
교문 밖으로 튕겨 나와
차곡차곡
정미소 앞마당에 알곡으로 쌓인다

겨울, 따뜻한 변주

　　06시
맞은 편 아파트 창문이 반짝
눈을 뜬다
뉘댁인가 오늘 아침
식구들의 따뜻한 하루를 위하여
전기밥솥의 취사를 누르는가 보다
아침 안개가 밥솥 위에 서리는 김처럼
모락모락 피다 진다
이집 저집 찌개 끓는 냄새가
밤새 쿨럭이던 바람길을 녹이고
아파트 촉촉한 이마 위에서
송글송글 맺히던 여명이 열꽃 터지듯 핀다

　　18시
아파트의 뒤통수가 붉다
맑은 유리창
귤빛 그림자에 저문다
도란도란 번져가는 불빛이
고단한 하루를 덮힌다
가장들은 모처럼 생긴 시간의 틈 위에
신문을 펼치고

아내의 정성에 숟가락을 들 것이다

　　20시
행주치마를 벗지 못한 아내는
저녁 먹고
설거지하고
아이들 챙기고
아파트 마을의 분주한 불빛처럼
아직은 하루가 바쁠 것이다

　　22시
술렁이던 부엌의 불빛도 꺼지고
아이들 작은 창에도 커튼이 내리고
언저리로 다소곳 물러섰던 어둠이
솜이불을 펼친다
마실을 나온 별들이
집집마다 유리창에 하나씩 박힌다

세모歳暮

둥근 식탁 위에 밥 대신
청구서가 수북하다
영수증도 몇 장 섞였다

쓰다만 가계부 구석 자리에
마이너스 통장 액수가 적혔다

이제는 더 이상 물러설 곳이 없다는 듯
마지막 날짜와 함께 가계부 페이지도 끝나고
연말 정산 도표만 껌뻑껌뻑
눈인사를 건넨다

TV에선 크리스마스 캐럴이
날마다 들뜨고
딸랑딸랑 귓바퀴에 매달리는
구세군 방울 소리

망설이다가 가계부 예비 지출란에
이웃돕기 1000원 조그맣게 써넣는다

마음이 따뜻해져 온다

길이 달려간다

마지막 한 방울 물까지 버린 은행잎이
거리를 달린다

허겁지겁 내 닿는 길 위로
자동차가 달려가고
바람도 달려가고
12월이 달려간다

앞서거니 뒷서거니
달려 가 버린 길 위로
일몰이 몰려온다

어둡기 전에
한 가닥 길을 놓치지 않으려
내가 달려간다

내 달음질보다 더 빨리
길이 달려간다

일말의 연민도 없이

오늘은 일요일

직장에 다니는 것도 아니면서
날짜에 맞춰 해야 할 일이 있는 것도 아니면서
오늘은 쉬어야겠다고 생각한다

화분에 물을 주고
일주일 내내 벗어 던진 옷가지들을 세탁기에
밀어 넣고
쇼파에 누워 TV 채널을 쥐고
잠이라도 자야겠다고 생각한다

가슴 아픈 사람 면회 가는 것도 잠시 미루고
오늘은 만사 잊고 지내야 하리라 마음먹는다

누군가 쉼표 하나로 토막 쳐 놓은 우리들의 편견이
때로는 하루를 위로한다

이웃

하얀 비단 블라우스를 입고 내가 처음 그 길을 지나갈
적에
길가 대문 앞 덩치 큰 누렁이가 무섭게 기를 죽이더니
어느 날부턴가 혀를 꼬부리고 이상한 인사말로 고시랑
거렸다
때에 절은 장화를 신고 푸대자루 옆에 낀 내가 그 길을
지나는 날엔
웃을까 말까 기막힌 누렁이 표정
밤나무 산길 오를 때 허술한 울타리를 넘어 들어가
잘 익은 무화과 열매 몇 개쯤 따먹어도
이제 나무라지 않는다
꼬리를 흔들며 훈수를 들어준다
밤 자루 둘러메고 허기져 내려오는 저녁에는
무화과나무도 잘 익은 열매를 내 앞으로 쑥 내민다
누렁이가 있고 무화과나무가 있고 내가 있는 풍경은
이제 그다지 어색하지 않다
잘 삭은 두엄 냄새가 내 폐부 깊숙이 들어와 섞이듯
배고픈 날 저녁엔 누렁이 눈빛에 어우러진
달콤한 무화과 열매와 내가 녹아 집으로 돌아온다

연말

똑같은 쳇바퀴로
얼마나 풀무질을 해 왔는지

이미 과거가 되어버린 달력엔
달마다 숱한 동그라미
시간이 굴러간 흔적들

세월은 종이 한 장 보다 얇아지는데
메모판은 발 디딜 틈 없이 무거워지고
알 수 없는 기억들로 가득하다

기억해야 할 일 들이 뭐가 그리 많았든지
이렇게 얽매여 살았나

깨알 같았던 세상살이
이젠 여백이 아름다운 메모판 위에
한두 가지 기억만 남겨 놓고 싶다

흘러가는 것은 흔적을 남기지 않는다

지금
나는 언덕에 앉아 하늘을 보고 있고
언덕 아래는 강물이 흘러가고 있고
바람이 뺨을 부비다가 사라지고
저 아래 길을 누군가 지나가고 있고

한 번쯤 그리운 사람을 생각해 보고
그의 눈, 잔잔히 번지던 입가의 미소
달콤하던 설렘
잠깐 동안 떠올려 보고

해는 익숙한 길을 따라 기울어 가고
나는 떠나고
내가 앉았던 자리에
한동안 자국으로 누웠던 풀들은
조심스레 고개를 들고 다시
바람에 흔들릴 것이다

백지수표

그날그날 마감을 끝낸 가계부 위에
내 지문이 가득합니다

불어난 것들과 줄어든 것들의
대차대조표를 들여다보며
하루하루를 되짚어 봅니다

소중한 것들을 버리지는 않았는지
버려야 할 것들을
여기까지 부둥켜안고 오진 않았는지

내게 양식이 되었던 한 톨의 겸손과 배려
내게 양식이 되지 못했던 한 됫박의 오만과 낭비

한 장 한 장 아쉬운 시간들을 넘기며
아직은 희망이란 항목으로
미결의 목록 하나 남겨둡니다

이제 다시 내 가계부를 두둑하게 채울
365일의 새날이
은행에서 갓 찍혀 나온 지폐처럼 깔깔 합니다

〉

내가 꺼내 써야 할 하루하루가
항목마다 백지수표로 놓여 있습니다

무엇을 얼만큼 지불 하며 살아야 할지
늘려야 할 것과 줄여야 할 것이 무엇인지

내가 수정해야 할 항목들을 다시 새기며
12월이 남긴 가계부의 잔고에 사인을 합니다

저녁을 꿈꾸다

구수한 된장찌개
밥솥 위에 모락모락 피어나는 밥 김

귀가를 준비하는 소박한 기다림
마루를 스치는 가벼운 발자국소리

가족을 부르는 따스한 목소리
식탁에 부딪는 수저의 맑은 울림

고달픈 일과를 감싸는 어둠의 촉감
하루를 의지했던 소소한 것들의 단란함

창문마다 비쳐 나는 불빛처럼
삶의 공간 안에
가득 들어차 있는 저녁

추운 계절을 지나며 따뜻한 봄날을 꿈꾸어 보듯이
힘든 생을 보내며 아늑한 노후를 꿈꾸어 보듯이

새벽길

아직 채 걷히지 않은 어둠 속에서
소근 대는 새소리 들린다

누군가 씽 – 힘차게 패달 밟는 소리
내 곁을 스친다

바람이 조심조심 손 내미는 길 위
낮달처럼 돋아나는 사람들

길 건너 희미한 곳에서
우유 아줌마 활짝 손을 흔든다

조간신문 모두 비우고
집으로 돌아가는 내 빈 손수레 속에
신문 배달 학생 주간 스포츠 한 장 넣어 주며
순한 미소를 보낸다

내 목울대 따스하게 달아오르고
가로수 푸른 잎사귀 사이로
새소리 점점 가까이 들려온다

변명
김정순

제4부

사회적 동물

말하지 않으면 누가 알아주냐
속에 천금이 들어 있은들
금인지 돌인지 어떻게 아냐

속에 자갈이 들었어도 금싸라기인 척
냄새가 좀 꿀꿀해도 향수로 위장하면 향기인 게지

없어도 있는 척 있어도 없는 척
눈물 흘려야 할 땐 몇 방울 만들기도 하고
때때로 같이 웃어주기도 하고

남들 보기에 된 사람 같이
말이라도 좀 번듯하게

그렇게 사는 것이 잘사는 거야

축제 시대

지금 피지 않으면 언제 어울려보나
꽃잎은 꽃잎끼리
사람은 사람끼리
부비고 부대끼고

꽃 지고 나면 봄도 끝 날 텐데
난장판 같아도 세상 구경 지금 해야제
바람도 희희낙락

봄 나방 같은 꽃들 놓칠세라
햇살마저도 벌떼처럼 일어나고
흙먼지 속에
부풀어 오르는 봄날

땅바닥에 단단한 돌부리 하나
허공에 눈꼬리 치뜨고
들뜬 발길 걸고 넘어진다

신 지하철 풍경

스마트폰이 웃는다 스마트폰이 찡그린다 입도 귀도 없
는 스마트폰 손가락뿐인 스마트폰 스마트폰의 손가락은
길고 창백하다 손잡이에 매달려 선 채로 등받이에 기대
어 앉은 채로 나이 지긋한 스마트폰도 젊은 청춘 스마트
폰도 손가락만 자란다 스마트폰의 물결이 지하철 출입문
을 넘나들고 차창 속에서 스마트폰들을 한 줄로 꿰찬 의
자가 긴 터널을 지나간다 한결같이 닮은 스마트폰들이
실내등의 불빛 너머 와글와글 몰려드는 어둠 속에 부착
된다 나는 스마트폰과 함께 부착되는 나를 바라본다 나
의 귀와 입이 퇴화된다 지하의 철마는 앞만 보고 달린다

도시의 초상

버스정류장
단풍나무 가지에
내걸린 팻말

소변 금지 쓰레기 무단 배출금지

그게 나무의 이름표인 줄 알고
누가 물으면
저 팻말을 가리켰던

나무마다 내걸린
도시의 얼굴들

사회학 연구

– 적

우리 할매의 적은 몇이나 되는 작은댁들이었다

숙모님의 적도 건너마을 시앗이었다

우리 어머니는 늘 아버지 주위를 맴도는 기방의 기녀들
에게 적의에 찬 눈초리를 거두지 않았었다

인물 훤한 연인을 가진 친구는 미인에게 늘 조마조마
해 했다
여자를 긴장시키는 강적은
늘 여자들 속에 숨어 있었다

할매의 적은 작은댁이었지만
작은댁에겐 할머니가 적이었는지도 모른다

숙모님은 또 시앗의 적이었을 지도 모르고
눈군가에게 나 또한 적이었는지도 알 수 없는 일이었다

별들은 어둠을 꿈꾼다

깊은 밤
어둠에 몸 담그고 속삭이고 싶은 별
밤하늘에 얼굴을 씻고 찰랑거리고 싶은 별
상큼한 밤공기에 기침하고 싶은 별

별들은 꿈꾼다

다정한 속삭임에 가만히 귀 기울여 주던 어둠
시냇물처럼 찰방찰방 물장구치고 싶은 어둠
포근한 품으로 기침 감싸주던 어둠

원시처럼 까맣게 스며들어
상큼하고 천진하고 포근하고 촉촉한

별들은 어둠을 꿈꾼다

입동 즈음

철쭉꽃 한 송이 저 혼자 피었다
칼바람이 음흉하게 속옷까지 젖히기 시작하는데
외진 길 꽃밭에 겁 없이 피었다

무심한 사람들,
'에그, 철없는 것, 때가 어느 때라고……'
한 마디 던지고 지나가고

별 볼 일 없는 실바람도
엉덩이 한 번 툭 건드리고 지나간다

너 나 할 것 없이 제 색깔 다 지우고
서로서로 부둥켜 안고
안으로 불을 지피고 있는 계절에
저 선홍빛 고집을 어쩔꺼나

속정도 너무 뜨거우면 화가 되느니

파르라니 질린 입술로
눈 딱 뜨고 선 당돌함이 서럽다

시청 앞 광장에 비가 내린다

오른쪽에서 왼쪽에서
목쉰 글씨들이 젖는다

붉은 글씨들도 젖고
푸른 글씨들도 젖는다

빗물이 꺽 쉰 목소리들을 달랜다
어지러운 발자국도 달랜다

머리 배 가슴도 없이 비틀비틀
무작정 흘러가는 무수한
꼬리지느러미들

활활 타오르는 고집 센 구호
젖은 땅 속으로 가라 앉는다

흥분을 가라앉히고 숨을 고르며
건조한 봄날이 젖는다

잠시, 구호에 시달리던 광장도 빗소리에 귀를 식힌다

취醉중中일─시詩

저 나무는 왜 저리 비틀거리는 거야

바다는 또 뭘 그리 지껄이는 거야

세상은 왜 자꾸 물구나무를 서는 거야

바로 섰다는 당신의 말이 맞기는 맞능겨?

ㅎ 그러고 보니 저 어둠은 발칙하게 웃고 있네

흰 덧니가 드라큐라 같애

내 눈의 수정체가 고장 난 게야

왜 자꾸 꼬나보는 게야

창자가 꼬여도 멀쩡하게 잘 지냈는데

흰 것도 검은 것도 모두 비위가 상하네

퀵. 퀵. 서비스

피자집, 짜장면집, 통닭집, 집, 집, 집......
에서 발사된 총알들이 아스팔트 위를 날았다
재수 없으면 객사할지도 몰라
이런 곳에선 서정을 노래하는 건 금물이다
귀를 난타하는 총성에 대화가 끊겼다
배달시대 사람들은 모두 집 속에 숨어 앉아서
손가락으로 퀵퀵 클릭한다
위험하게 거리로 나갈 필요가 없다
퀵. 하면 퀵. 하고 날아온다
여기저기 따발총 쏘아대는 거리
바람의 전언을 와그작와그작 씹어 먹는 소리
퀵따따따땅
24시간 전장의 현장에서
마비된 귀들이 거리를 헤멘다

단톡방

하루 일을 끝낸 방에서 누군가 딸꾹질을 한다
딸꾹질이 파문을 일으킨다
전염병처럼 번지는 딸꾹질, 딸꾹, 딸꾹, 딸꾹,

베개를 끌어안고 겨우 하품을 물던 입술이 놀라 딸꾹!
혀를 깨문다

꼭 알아야 할 정보예요 딸꾹,
혼자 보기 너무 아까운 글 딸꾹,
어떻게 생각하는지 의견주세요 딸꾹,
고마워유 딸꾹,
좋아요 딸꾹,

하루를 견디느라 방도 지쳤을 터인데

딸꾹질을 멈추려고
물 한 잔 마시고 나는
아직도 불빛 환한 방의 스위치를 내린다

현미경 속을 드려다 보다

어린 학생의 간절한 소망보다
멋진 인사말에 더 신경 쓰는 그 남자
배를 출렁이며 웃는다

알뜰한 아내의 한 푼 시장비 보다
그 남자의 지갑에 더 신경 쓰는 여자
금잇빨을 빛내면서 깔깔 웃는다

'말못해 손해 보는 놈이 등신이지'
'비리도 능력이지 못하는 게 바보지 뭐야'
현미경 속에서, 그러한 그가
그러한 그녀가 입을 맞춘다

현미경 밖에선 그렇게도 꾸밈없어 보이던 그 남자
그렇게도 욕심 없어 보이던 그 여자
현미경 속에서 부풀어 오른다

폭우 속에서

산천 여기저기 코피 터진다
푸른 정맥마다 붉은 핏물이 들고
속살까지 패여
살점 뚝뚝 떨어져 나가는 아픔에
산이 우루루루 운다

강은
피눈물 쏟는 그 설움 거두려
힘껏 몸을 부풀려 보지만
진정되지 않는 몸부림에 손을 놓고
콸콸콸 울분만 함께 토한다

달래주고 싶어도
가까이 손잡아 주고 싶어도
차라리 도망치고 싶어도
이제는 어찌할 수 없다

산에도 강에도
더 이상 기댈 곳 없는
창날 같은 빗줄기의 감옥이다

외침

해 저물어 발길 뜸한 마을 어귀
칼바람을 뚫고
아득히 들려온다

목이 쉬어 절규하듯 외치는 소리
고등어 사이소 싱싱한 고등어 왔심더

시장 바닥에 쪼그려 팔다가
못다 판 생선 몇 마리 머리에 이고 나왔는지
목소리가 부었다

끊어질 듯 끊어질 듯
더딘 걸음이
외친다
싸고 맛있는 고등어 사이소 값싸게 떨어 주이소

나는 눈을 감고 그 소리 듣는다

따끈한 밥 한술 먹게 해주이소
아픈 다리 좀 쉬게 해주이소
무거운 등짐 조금만 덜어 주이소

〉

마침표를 찍지 못한 하루 치의 가난이
그림자처럼 목소리를 따라간다
먼 길 정처 없이 점 점
떠리미 떠리미 떠리미 떠리미 떠리미.......

깔깔하게 날 선 지폐 한 장

은행에서 갓 찍혀 나온 깔깔하게 날 선 지폐 한 장
시장 바닥에서 값을 치른다

조심스레 내어미는데
우악스런 손이 쑥 나와
쓰윽 꺾어 주머니 속에 집어넣는다

태어나자마자 늑골이 부러져버린 지폐 한 장

이제부터 누군가에게로 가서
밥이 되던지 쓰레기가 되던지
순결한 몸 위에 내 지문 하나 찍어 보낸다

거친 세상 돌고 돌아
구겨진 은박지처럼 속속들이 주름살 져서
깔깔한 성미 벗겨낸다면

찌든 한숨 소리 섞이고 가난한 소망 깃들어
따뜻한 힘이 되는 법 배워간다면

네 몫의 값을 치루는 동안

눈물로 웃음으로
스스로 세상과 가까워질 것이니

허물 하나 없이 나를 불안하게 하던 것들아
백지처럼 아둔하여 나를 아프게 하던 것들아

네게 스미는 상처의 세월이 네 상처에 약이 되기를

겨울 목련

그 몽오리들을 누가 깨우나

아직 녹지 않은 눈바람 속에서
하얀 핏줄 터뜨려
순교하는 여인

결빙의 계절
안으로 끝없이 열려 간다
살얼음 부서지는 소리

가지 끝마다 울리는
청동 종소리

어둠의 끝에서
눈부시게 쏟아지는
신의 손

겨울 숲들이 기도하고 있다

전철 속에서

전깃줄에 나란히 줄지어 앉은 참새떼
짹짹짹 수다 소리
손에 쥔 1회용 커피 종이컵
립스틱 빨갛게 묻었다
기름진 음식 냄새 지우며 껌 씹는 소리
수다 소리보다 빠르다
명품 무이자 3개월 이월상품 땅 카드 캐럿 청약
연결 지어지지 않는 명사들이 중구난방 섞인다
스르륵 지하철이 한쪽으로 쏠린다
어머나 벌써 백화점 앞이야
매달려 앉았던 전깃줄 아래
알맹이만 쏙 빼먹고 뱉어 놓은 볍씨 껍질처럼
껌종이 종이컵 흩어놓고
출입구로 우루루 몰려 날아간다

물속에 들다

하늘은 그림자를 내리지만
물은 그림자를 품는다

물이 품지 못할 그림자는 없다

물의 살갗에 몸을 기대면
대쪽 같은 성미도
흔들리며 사는 이치를 깨우치고

상처 난 마음이 아물 때까지
가장 낮고 깊은 곳에서 고요히
기다려야 하는 법도 배운다

새들도
물속 깊이로 하늘을 건너간다

물의 품속에 안긴 것은 한결같이
무게를 버릴 줄도 알았다

눈이 녹는다

- 2

눈 찌꺼기가 다시
질퍽질퍽 튀어 오른다

욕지거리처럼
한 무더기 토사물처럼

세상 속으로 끈적끈적 스며든다
꿈꾸지 마라 한순간 눈멀게 했던 순결

삭히지 못한 슬픔 아직 그대로 있고
허물은 다시 불어난다

얼룩 한 점 가려주지 않는다
환상 같았던 자리 속속들이 들춰낸다

하얗게 찍어내던 발자국들
모두 지우고

눈이 녹는다

봄비 소리

지붕 꼭대기에서
꿈쩍 않던 겨울
지붕을 타고
흘러내리는 소리

꽝 꽝 얼어붙었던 마음
다독다독 다독이는 소리

시험 걱정 취업 걱정
훈풍에 누그러져
아들 방 문틈으로
새근새근 새어 나는 소리

깊은 밤
꿈을 꾸었다
시름에 설익은 잠
말랑말랑 부드러워진
꿈을 꾸었다

소낙비 지나고

기다림을 견디는 것은 아픔이지만
참는 것이 고통이지만

견디고 나면 얼마나 아름다운가

고통과 슬픔 언젠가 지나고 나면
초연히 씻긴 마음이
헝클린 삶을 고요하게 가라앉혀 주리라

저렇게 눈부신 하늘이
파랗게 웃고 있지 않은가

잘 참아 주었다고
잘 견뎌 주었다고

　오래된 시들이다. 늙고 낡고 탄력 잃은 시들이다. 그렇
지만 내 발자국을 지울 수 없는 시들이다. 힘이 달려서
책벌레 똥 가득 묻은 옷을 갈아입히지 못했다. 시는 내
30대를 포장하지 않고 40대를 위장하지 않는다. 시에 미
숙하고 철없던 시절, 한때나마 내 삶의 일부였던 시절을
기록해 두고 싶다. 시대도 변하고 환경도 변하고 시와 나
의 모습도 변했지만 아직도 나는 그때를 벗어나지 못하
고 있나 보다. 어쩌랴 이것이 내 시의 약력이다. 그리운
건 아니지만 미안하다 여전히